DU MÊME AUTEUR

Les Nouveaux Romanesques,

> *Comédie en 3 actes.*

Les Rêveries,

> *Comédie en 1 acte, en vers.*

EN PRÉPARATION :

Lettres à Climène,

> *ou Initiation à la vie montbéliardaise.*

A PARAITRE :

Raivise-t-en,

> *Nouvelles Montbéliardises*

(Le Pays. — Les bonnes gens. — Ombres et Roses d'autrefois. — La lecture de la Bible. — Les Campenottes, etc.)

Album illustré par Raymond CHELET.

Il a été tiré de ce volume 15 exemplaires sur papier de luxe numérotés de I à XV et 285 exemplaires sur papier velin mat numérotés de 16 à 300.

N⁰ ....

Marcel RICHARDOT

MONTBÉLIARDISES

POÉSIES

Bois originaux de Raymond CHELET

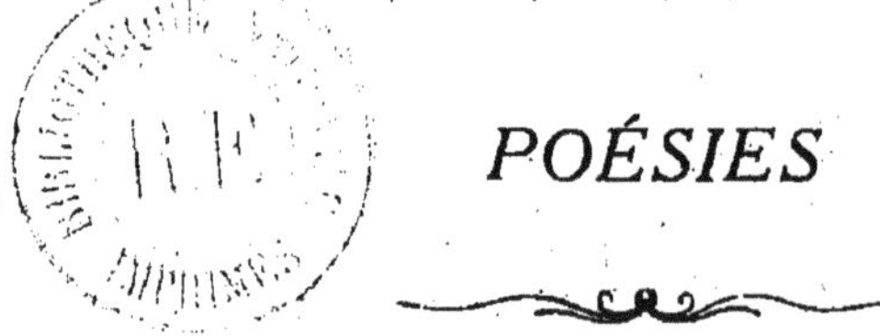

1929

PREMIÈRE SÉRIE

S. A^{me} D'IMPRIMERIE MONTBÉLIARDAISE

DÉDICACE

A Montbéliard.

O Petite Cité qui m'appris mon rôlet
Pour cette humaine comédie,
Ces vers simples et francs où mon amour parlait,
C'est à toi que je les dédie ;

Car tu fus la Préface à l'ombre du côteau
Où mon enfance vagabonde
Sans arrêter ses jeux, a commencé très tôt
D'épeler le Livre du Monde !

... C'est un Livre bien lourd, dont le texte est épais
Et douloureux dans maints passages...
Grâce à toi qui veillais sur ma joie et ma paix
Je n'en ai vu que les images

D'abord, et leurs dessins avaient tant de fraîcheur
Et de clarté magicienne
Que lorsqu'il me fallut lire plus loin, mon cœur
Garda sa candeur ancienne :

Et sur les mots amers qui suivaient, j'aperçus,
— Et sur les laideurs les plus vieilles, —
Les reflets d'or épars dans tes yeux ingénus
Voltiger comme des abeilles !

En ce livre à mon tour j'ai désiré chanter
        La grâce fragile et naïve
De ton passé... Peut-être ai-je un peu inventé,
        Qu'importe, pourvu qu'il revive !

J'ai vu dans ta bonté, ta force et ta douceur
        L'humble Muse que tu m'assignes...
Et je n'ai pas cherché d'autre rythme à ces lignes
        Que les battements de mon cœur ;

J'aurais pu faire part de ma métaphysique
        A l'univers contemporain
Que j'aurais écrasé d'un mépris souverain...
        Mais j'ai préféré ta musique !

J'ai chanté pour moi-même et pour quelques amis...
        Ce n'est pas une œuvre sublime !
Quand on me lit, on m'a tout de suite compris ;
        Il paraît que c'est presque un crime,

Tant pis ! J'ai simplement pour ma ville et pour mon ciel
        Chanté mes petites affaires,
Et je laisse au lointain conquérir l'éternel
        Les pontifes soporifères !

J'ai gardé l'âme droite et les yeux transparents,
        Je chante tout ce qui m'enchante,
Voici mon livre : il est à toi ; je te le rends ;
        O ma Cité, sois bienveillante !

Lis-le dans les jardins où ton fleuve s'argente ;
        Oh ! Je sais que ces vers sont laids,
Que la pensée en est souvent plus qu'indigente,
        Et que... N'importe ! Accepte-les !

S'ils ne te plaisent pas, détourne ton visage
De mes pauvres mots abolis,
Toute la poésie est dans ton paysage !
Alors, feuillette-le ! Relis

Les stances que l'Allaine inscrit dans son eau claire
Dont l'hymne seul est immortel,
Et l'Ode que là-bas, d'un geste séculaire,
Le Château grave sur le ciel !

Pourtant, si tu te mets d'aventure à sourire
A quelques-uns de mes propos,
En un matin ensoleillé, fais-le moi dire
Par les chansons de tes oiseaux !

A quelque souvenir où mon cœur s'intéresse
Si par hasard tu te complais,
Dis-le moi en mettant le soir plus de tendresse
Aux regards de mes chers portraits ;

Et si même en lisant quelque poème où passe
Un écho lointain du vieux temps,
Tu te prends à rêver et m'accordes la grâce
De t'attendrir quelques instants,

Fais murmurer ta voix dans le bruit du feuillage
Qui protège l'enclos sacré
Pour me bercer d'amour, de paix, et de courage
Le jour où je m'endormirai.

13 Janvier 1929.

?

LA TANTE ARIE

La tante Arie est une vieille,
Dont les charmes n'ont pas vieilli,
Une vieille dont s'émerveillent
Tous les petits gars du pays !

Vieille, oh ! certe ! On n'a pas idée,
Voyez-vous, de son chiffre d'ans ;
Elle a la tête plus ridée
Qu'une rainette d'Allondans ! -

Elle habite à Pierrefontaine
Dans une grotte du Lomont ;
Elle ne redescend, dit-on,
Que fin Décembre vers la plaine ;

Pour tout compagnon sous le ciel
Elle n'a qu'un âne roussâtre...
— Mettez-lui, quand viendra Noël,
Un peu de paille auprès de l'âtre ; —

Car c'est alors, vers les enfants
Qu'il la mène, la bonne fée,
Survolant, d'un doubiot coiffée
Tous les réveillons triomphants !

Sur l'échine parcheminée
Du baudet surchargé de noix
Elle trotte au faîte des toits
Et descend par la cheminée

Remplir tous les petits sabots
De mille amandes, et noisettes
Pour qu'au lendemain les bousbots,
Quand ils courront en chemisettes,

Trouvent dans l'âtre, vite atteint,
Les frais bijoux, plein leurs menottes,
Qui craqueront sous leurs quenottes
Aux premiers rayons du matin !

Et la tante Arie est si bonne
Qu'elle veut bien fermer les yeux...
Sa générosité se donne
Aux bûcheurs comme aux paresseux.

Mais ceux-ci quand lève l'aurore
Entendent, d'un ton couroucé :
« Cette fois-ci, ça va encore...
Garde-toi de recommencer !

Car, gronde la voix qui s'éloigne
Parmi des clochettes tintant,
Je dois revenir dans un an,
Et tu verras si je te soigne ! »

Protectrice de l'orphelin
Elle aime aussi les jeunes filles
Apprenant à leurs mains gentilles
A filer le chanvre et le lin !

Mais gare celles qui paressent,
Plus frivoles que les oiseaux !
Et gare celles qui délaissent
Pour des amoureux, leurs fuseaux !

Celles qui se sont en allées
Sont certaines de retrouver
Leurs quenouilles tout emmêlées
Quand Carnaval est arrivé !

Il leur faut pencher leurs visages
Sur les nœuds les plus rebutants,
Tandis que leurs compagnes sages
Vont gambader dans le Printemps !

Tante Arie est donc exigeante
Une fois que l'on a grandi...
Mais — entre nous — je vous le dis,
Moi, je la crois plus indulgente.

Hé, quoi ! l'amour l'attristerait,
Contre lui son ire se dresse ?
Elle punirait sans regret
Ceux qui se grisent de tendresse ?

Ce n'est pas possible, voyons !
Puisque sans cela, j'imagine,
Elle n'aurait plus de garçons
A bourrer de noisettes fines,

Plus de gamines aux yeux bleus
A combler de ses dons fidèles :
Que deviendrait sa clientèle
S'il n'y avait plus d'amoureux ?

A dire vrai, quand elle embrouille
Une quenouille dans un coin,
C'est pour que laissant sa quenouille,
La fileuse... file plus loin

Et retrouve sous la charmille
Ou sous les arbres des Fossés
Le futur père de famille
Qui l'attendait pour l'embrasser !

D'ailleurs, je me suis laissé dire
Par des gens fort bien informés
Qu'elle a du toupet de proscrire
Les rendez-vous des bien-aimés,

Car dès qu'elle a, la bonne tante,
Fini son travail irréel,
Elle a dans sa grotte chantante
Des instants de douce détente
Avec le Bonhomme Noël !

6 Août 1928.

BEURDOLE

Certains vivent le vague à l'âme,
L'amour au cœur, l'orgueil au sein...
Celle qu'aujourd'hui je proclame,
Vécut le balai à la main !

Quand sur son parquet, où la cire
Etalait ses luisants appas,
On laissait des traces de pas,
Ses yeux souhaitaient vous occire ;

Dès qu'on était dans la rue et
Qu'ayant terminé la visite,
On la laissait seule en son site,
Sur sa brosse elle se ruait,

Et je te frotte ! Et je t'astique !
« Ils m'ont tout sali, ces chameaux... »
Et allez-y ! C'est fantastique
Ce qu'elle usa comme plumeaux !

Les pires guerres étrangères
Etaient à ses regards un mal
Moindre que sur ses étagères
Un point infinitésimal

De cette poussière dorée
Que l'on voit danser le matin
Dans le soleil vif et mutin
Et que j'ai toujours adorée !

Ah ! contre ces atomes-là,
Ténus et légers comme un rêve,
Comme il fut beau le bon combat
Qu'elle mena sans peur ni trêve !

Elle expulsait dans chaque coin
Le moindre grain, — courbant la nuque, —
Sauf celui, venu de plus loin,
Qui se nichait sous sa perruque !

Visitant avec un mal fou
Les encoignures les moins nettes,
Son nez aggravé de lunettes
Feunait sans cesse tout partout.

Elle entretenait, fallait voir !
Les vieux tableaux de son domaine,
Honorant d'un sourire amène
Le plus réussi : son miroir !

Que de fois son gorgoillot rance
De mâle rage gargouilla
Quand elle avait, sans espérance,
Las-moi ! trippé dans le gouillat !

Sus au maudit cortège impur
De la boue âpre et de la suie !
Le mot de ce destin, bien sûr,
Ce fut : Je pense, donc j'essuie...

Ce n'était pas un élément
De Rouffach, Saint-Ylie ou Dôle :
Ma fri ! c'était tout simplement
Une vénérable beurdôle.

Et qui fut — sans une fois boire
O Poésie, à ton goulot ! —
Princesse du cheni, ô gloire !
Et chasseresse du voulot !

Bref pour la netteté parfaite
Elle eut un si constant souci,
Elle eut, parmi ce monde-ci,
Avec son balai tant de fête,

Qu'elle est capable, quand ses os
S'éparpilleront en poussière,
D'emprunter le vol des oiseaux
Pour revenir au cimetière
Y faire avec vélocité
Un tour du côté de sa bière,

Histoire de l'épousseter.

Décembre 1928.

COMPLAINTE DE LA BOULE

Le génie est une longue patience.
BUFFON.

Avez-vous vu la boule,
La boule du château ?
Moi, ça me rend maboule
Quand mon regard s'aboule
Sur la tige là-haut,
Tel un brin de ciboule !

Quoi ! C'est ce machin mince
Qui couronne à présent
Notre château des Princes ?
Dieu ! Que c'est déplaisant !

Honte à ce truc sans style,
Ignarement conçu !
Je m'y déclare hostile
En tant que bon Trissu !

Je me demande quelle
Est la chèvre un beau jour
Qui fit cette diedielle
En haut de notre tour !

Quelle est la ménagère
Qui vida son poutot
Sur l'aiguille légère
De notre cher château ?

Quel est dans son alarme
L'infortuné qui là
Fit couler cette larme
Qu'un froid subit gela ?

Qui planta sur ta face
Cette étrange tumeur ?
O demeure, tu meurs,
Et ta gloire s'efface !

Cette boule reintrie
Ainsi qu'un vieux trognon
Me rend l'âme meurtrie,
Me fait le cœur grognon !

Nous vînt-on arborer
Cette boule bénie
Pour mieux nous démontrer
Qu'on avait... du génie ?
Ceux dont le ciboulot

Changea ta silhouette,
Ont fait une boulette
Et raté leur boulot !

Mais que leur maladresse
Ne se prolonge point !
Au maire je m'adresse,
Ou bien à son adjoint ;

Et je leur dis : Quand même
Il ne faut pas laisser
Par ce renflement blême
Tracasser le passé !

Le château revendique,
Par un nouveau travail
Sa boule véridique...
Pas une gousse d'ail !

Que cette camelote
S'engraisse, nom de nom !
Pour devenir boulotte
Comme l'autre, sinon

— Bloc qui se ratatine
Comme un cœur de tiaitiu, —
Chassez-la, la mâtine,
D'un coup de pied au tiu !

Partagez cette bille
Entre les orphelins !
Ou plutôt, qu'elle brille
Au bras de M'sieu Rucklin

Pour qu'y lançant la boule
D'un élan diligent,
Il fasse que s'écroule
Enfin, le mur d'argent !

Que la lumière y vive
Afin que son éclat
Montre le syndicat
Qu'on dit d'initiative !

Bref, faites-la utile,
Cette boule, au plus tôt,
Pour qu'elle ne mutile
Plus notre grand château !

Rendez la boule ancienne,
— Elle avait si bel air ! —
Ou c'est Monsieur Blazer
Qui va perdre la sienne !

20 Octobre 1928.

Quoi ? Vous ignorez ce chapeau,
Cette planète magnifique
Par quoi notre ciel est si beau ?
Quoi ! Vous ignorez ce chapeau ?
Mais il n'a pas, notre hameau,
De monument plus historique !
Quoi vous ignorez ce chapeau,
Cette planète magnifique ?

Le chapeau de Monsieur Blazer
Est si grand qu'il renferme un monde !
Il peut obscurcir tout l'éther,
Le chapeau de Monsieur Blazer !
Et sans lui la machine ronde
Aurait sûrement moins bel air ;
Le chapeau de Monsieur Blazer
Est si grand qu'il renferme un monde !

Le chapeau de Napoléon
N'est à côté qu'une écrignaule ;
Ça n'existe pas, nom de nom !
Le chapeau de Napoléon,
Car il n'avait pas tant de riôles,
De gaîté franche et de bon ton...
Le chapeau de Napoléon
N'est à côté qu'une écrignaule.

Sous ces larges bords, ce chapeau
Abrite une âme fine et bonne,
Bien qu'il vous regarde de haut
Sous ses larges bords, ce chapeau !
Il ne veut de mal à personne,
Sauf à la boule du Château !
Sous ses larges bords, ce chapeau
Abrite une âme fine et bonne.

C'est là que naquit autrefois,
Un jour de triomphale verve,
Le mammouth aux énormes doigts,
C'est là qu'il naquit autrefois,
Construit en boîtes de conserve !
Cuvier en fut jaloux six mois...
C'est là qu'il naquit autrefois,
Un jour de triomphale verve !

Le chapeau de Monsieur Blazeur,
Montbéyard entier s'y protège...
C'est notre gloire et notre honneur,
Le chapeau de Monsieur Blazeur !
Que la tante Airie au Collège
Conserve toujours, par bonheur,
— Puisque Montbéyard s'y protège —
Le chapeau de Monsieur Blazeur !

14 Décembre 1928.

LES ENVELLES D'AUTREFOIS

Où sont les envelles d'antan
Qui, pour des agapes légères,
Groupaient grand'tantes et grand'mères
En un tumulte froufroutant ?

Il fallait venir de bonne heure :
Si l'on arrivait par hasard,
A la porte de la demeure
Autour de deux heures et quart,
L'hôtesse vous disait sévère :
« Vous êtes en retard, ma chère ! »
On ne savait où se fourrer...
Puis on s'asseyait près des tables
Dans un fauteuil bien rembourré,
Les pieds posés, pour être stables,
Sur un tabouret pas trop haut
Qui disparaissait aussitôt
Sous les jupes interminables !
Et l'on causait de tout un peu
En travaillant à quelque ouvrage.
L'eau bientôt chantait sur le feu
Et, sans cesser le bavardage,
On goûtait en grand tra-la-la !
Festins de Dieux ! Vous étiez là,
Fraîches mousses de chocolat,
Crêmes à la vanille exquises
Où les blancs d'œufs, si blancs toujours !
Semblaient de petites banquises
Sur un océan de velours !
Et vous, ô meringues fragiles,

Beignets croustillants et poudrés,
Croquets en tas démesurés
Qui crouliez sous les doigts agiles !
Les pains d'anis allaient craquant
Sous la mâchoire alerte et dure
Qui leur venait de la nature
Et non de l'art d'un fabricant ;
Mais l'usage le plus fréquent
Etait aux saisons envolées
Que l'on prît à grandes bolées
Du café au lait bien épais,
Avec de plantureux toutchais...
Dame ! leur appétit robuste
Se fondaient — tous nos compliments ! —
Sur des estomacs plus cléments
Que les nôtres, que tarabuste
Le plus mince des suppléments !
Or, après tant de bonne chère
C'était un rite consacré
De lamper doucement, ma chère !
Un verre de bon vin sucré.
Même parfois dit-on — j'ajoute
Que c'était tout à leur honneur ! —
Ces damês préféraient, en chœur,
S'offrir une petite goutte !
De ce kirsch du pays, mon vieux,
— O Clairegoutte, je t'acclame ! —
Qui vous met du soleil dans l'âme
Et des étoiles dans les yeux !

Puis des souvenirs de jeunesse
Ensemble, on exprimait les sucs,
On évoquait avec tendresse
La Russie et tous ses grands ducs !
On mimait la brusque cadence
Du long voyage en diligence,
Délicieux bien qu'assommant.
Plus d'une vieille demoiselle
D'air revêche cachait en elle
L'émoi frais d'un lointain roman,

Car l'Amour, dont tout est esclave
Unissait parfois, pur et doux,
La gravité d'une âme slave
Aux élans d'un cœur de chez nous !

Du vieux temps, époque charmante,
On passait à l'affreux présent :
« Où donc allons-nous ? Tout augmente !
Disaient-elles en gémissant.
Quelle fureur nous ressentîmes
En voyant — le boucher nous tond ! —
La côtelette de mouton
Passer de quinze à vingt centimes !
Tout s'en va ! La Jeanne Nardin
Est allée hier sans sa bonne
Jusqu'à la gare ! J'en frissonne !
Pourquoi pas jusqu'au grand jardin ?
Seule, entendez-vous, sans personne ! »
— Et toutes répétaient en chœur :
« C'est une fille sans pudeur ! »

Sur cette énergique rature
Biffant un honneur compromis,
On discutait littérature !
Les livres étaient leurs amis !
Qu'elles aimaient la poésie !
Hugo charmait leur fantaisie
Mais il choquait un peu leur goût.
Leur adoration surtout
En plus d'une longue tartine
Chantait Monsieur de Lamartine !
Elles récitaient tout du long,
Les vers du *Lac* ou du *Vallon*
Avec quelle extase profonde !
Quand à Musset, d'un air guindé :
« Ce n'était qu'un dévergondé ! »
Disaient-elles devant le monde...
Mais toutes le savaient par cœur !
Balzac, Dumas père vainqueur
Enchantaient leur âme ingénue ;

Et plus encore il fallait voir
Leur amour pour Eugène Süe !
Elles le dévoraient le soir :
« Oh ! celui-là ! Oh ! *Les Mystères
De Paris* et *Le Juif errant !*
C'est terrible ! C'est atterrant !
Quelles aventures, mes chères !
— Et toutes ajoutaient d'un cri :
« Et surtout c'est si bien écrit ! »

De là, nonchalamment menée
La conversation portait
Sur les promesses d'hyménée
Le mariage qui pointait...
« Vous savez, la petite Chouette
Est fiancée au grand Machin !
— Hé bien, Truc doit faire une tête !
Il avait demandé sa main !
— Oui, par dépit, le bon apôtre,
De n'avoir eu celle d'une autre !
Marthe Chose, quoiqu'il en soit
Doit avoir le cœur gros, ma foi !
Car elle aimait Machin, ma chère !
Mais pas de dot ! La vie est chère !
— Croyez-vous que Machin ferait
Un mariage d'intérêt ?
— Soyez-en sûre ! Quand à Chouette,
Moi, je connais pas mal de gens
Qui la prétendent très coquette !
— Ça n'ira pas tout seul je sens.
— Tout son temps passe à sa toilette !
Et ses effets sont indécents :
On voit le haut de sa bottine
Sitôt qu'il souffle un peu de vent... »
Ainsi chaque dame potine,
Colportant d'un zèle fervent,
Maintes histoires tracassières...
Mais comme l'épouse en tout cas
Aurait des enfants — n'est-ce pas ? —
Elles tricotaient des brassières,

Des bonnets et des petits bas,
En faisant sans cesse les comptes
De leurs mailles, avec grands soins,
Car si leurs langues étaient promptes,
Leur bonté ne l'était pas moins !

Enfin — bruits d'étoffes qu'on froisse,
Fous rires, brouhaha des voix...
On parlait de tout à la fois !
On s'occupait de la paroisse,
Discutant le dernier sermon.
— Notre ministre semble bon,
Mais n'est-il pas, je le demande,
Un peu trop long ? — Puis l'on gourmande
Le temps qui va tout de travers,
On commente les faits divers,
Et l'on s'échauffe avec vengeance
Contre les Prussiens, sale engeance !
Et quand il faut partir, soudain,
Bruit confus... Serrements de main...
Frôlement de robes... On passe
En jasant encor, son manteau...
Coup d'œil complaisant sur la glace...
L'envelle est finie ! A tantôt !

Heureux temps de gaîté point chiches !
On portait d'opulents chignons,
Et parfois, sous des nez grognons,
Des moustaches un peu trop riches...
Les chignons — je le dis tout bas —
Pouvaient souvent êtres postiches...
Les moustaches ne pouvaient pas !

...Vieilles envelles familières
Au doux tumulte froufroutant,
Où sont vos agapes légères ?
Nos grand'tantes et nos grand'mères
Dorment en paix dans les mystères...
Où sont les envelles d'antan ?

13 Mars 1928.

INTÉRIEURS

Depuis qu'en vos murs le temps a fait taire
Rires et soupirs,
Que vous êtes beaux, avec le mystère
De vos souvenirs,

Et votre pénombre, où la paix balance
Son recueillement
Pour que l'avenir accueille en silence
Le passé charmant !

Que vous êtes beaux, intérieurs tendres
Aux naïfs atours...
O vous qui sans cesse avez l'air d'attendre
De lointains retours !

Salons de gala, chambres coutumières
          Des vieilles maisons,
Que baignent toujours les mêmes lumières
          A toutes saisons,

Vestibules longs aux vitrines closes
          Et boudoirs étroits,
Où l'on a gardé, pour les moindres choses
          L'ordre d'autrefois !...

On vous a laissés pareils à vous-mêmes
          Dans vos gravités...
Chers intérieurs, refuges suprêmes
          Des fidélités,

Où brûle toujours l'invisible flamme
          Des cœurs de chez nous,
Je n'ai qu'à vous voir pour sentir mon âme
          Tomber à genoux !

... Dans ces chambres-là, que des nuits sans nombre
          Vinrent envahir
Tout semble effleuré d'un reflet de l'ombre
          Qui ne peut finir...

Le velours passé des tentures douces
          S'est harmonisé
Avec la grisaille où dort, sous les housses,
          Chaque meuble usé;

Le temps a terni les tapisseries
          Et parfois givré
Le cuir des albums de photographies
          Au fermoir cuivré.

Sur le piano, qui ne trouble guère
      Les échos tremblants,
Les lampes d'airain jettent l'ombre altière
      De leurs globes blancs ;

La pendule porte, à l'antique mode,
      Le vol d'un phénix...
Au mur, le tableau retraçant l'exode
      De soixante-dix ;

Les portraits confient leur grâce vétuste
      Aux cadres épais ;
La table où la nacre en carrés s'incruste
      Porte mille objets :

Coupe-papiers fins aux formes baroques,
      Encriers, cachets,
Petits sabots peints, jolis vases glauques,
      Médaillons, sachets,

Boules de cristal... Quand on les secoue,
      Il neige dedans !
Coffrets précieux où sans fin se jouent
      Des reflets changeants ;

Tant de bibelots qu'on avait pris comme
      Gages de bonheur !
Tant de petits riens qui sont tout en somme
      Pour notre humble cœur !

Hélas ! Où sont-ils ceux qui les chérirent,
      Les intérieurs ?
Ils ont emporté leurs pleurs et leurs rires...
      Tous, ils sont ailleurs !

Ailleurs ? Hé bien, non ! Non ! Moi je proclame
          Qu'ils sont là toujours,
Tant que les objets où se plut leur âme
          Gardent notre amour !

Certe, en leurs tombeaux où l'herbe s'enlace,
          Ils sont malheureux,
Mais dès que la nuit de lune se glace
          Ils rentrent chez eux,

Dans le vieux salon, le calme royaume
          Où rien n'a changé,
— Ah ! N'y changeons rien pour qu'aucun fantôme
          N'y soit étranger ! —

Ils y rentrent tous, formes diaphanes,
          Souffles aériens...
A l'heure où les tons des rideaux se fanent,
          Comme on les voit bien !

Voyez les venir, ombres messagères
          Des jadis dormants,
Ecoutez bruire en rumeurs légères
          Leurs chuchottements...

Près du vieux rouet, là, — qui se couronne
          Du diairi d'antan —
Le bon chansonnier à mi-voix fredonne
          Son *Raivise-t'en ;*

Aux joyeux amis qui s'en ébouriffent,
          Le doux professeur
Récite encor *La Bête de la Schliffe...*
          Tous rient de bon cœur !

Le vieux médecin de ses yeux voit vivre
   Les dignes aïeux
Dont, voici longtemps, il fit dans un livre
   Les portraits pieux ;

A des chérubins, pâles écrignaules
   Qui tchulent leurs doigts,
Un bon grand'papa raconte des riaules
   De notre patois ;

Retrouvant sa pipe et son eau de vie,
   — Que faut-il de plus ? —
L'ancien précepteur des ducs de Russie
   Relit Vergilius.

Le vieux commandant des guerres d'empire,
   D'un pas nonchalant
Rôde... A chaque dame, il offre un sourire
   Courtois et distant.

Rien n'a dérangé sa moustache blanche
   Ni son regard clair,
Ni la nostalgie où sans fin se penche
   Son cœur grave et fier.

Comme aux premiers temps de son mariage,
   Près du bien-aimé,
Qui d'un long regard frôle son visage
   Pur et parfumé,

Une ombre, laissant voltiger son châle,
   Joue au piano ;
— N'est-ce pas qu'on voit, parmi la nuit pâle,
   Luire son anneau ? —

Son bonheur s'exalte aux chansons des gammes :
          Elle sent parfois
Descendre l'amour de toute son âme
          Au bout de ses doigts !

Et tandis qu'un air s'élève et palpite,
          Léger et fluet,
La vierge aux beaux yeux qui périt si vite
          Danse un menuet...

Celle qui, d'amour, après tant d'alarmes,
          Mourut sans regret
Sourit à présent, à travers ses larmes,
          Sachant le secret.

Près de la croisée, où la travailleuse
          S'emplit de chiffons,
L'aïeule tricote, humble et sérieuse,
          Des petits chaussons...

Des dames là-bas tiennent une envelle,
          Et d'autres, tout près,
S'en vont comparant leur forme nouvelle
          A leurs vieux portraits.

Là, quelque beurdôle, à la verve drue,
          Parle aux bibelots ;
Un autre, feunant partout, continue
          Sa chasse aux voulots...

Et tous ces Trissus parfois se rassemblent
          D'un air solennel,
Pour se confier, d'une voix qui tremble,
          Les cancans du ciel !

Ainsi, murmurant jusques à point d'heure
          Les chants du pays,
Ainsi vont nos morts, parmi leurs demeures ;
          Ils n'ont pas vieilli...

Et pour les revoir quand le bruit fait trêve,
          A la fin du jour,
C'est assez pour nous de beaucoup de rêve
          Et d'un peu d'amour !

... Et je songe au soir, — le plus tard possible ! —
          Où, cœur tourmenté,
J'y viendrai puiser à l'urne invisible
          La Sérénité.

La Mort aura beau me hanter d'angoisse,
          Me crisper d'effroi,
J'abandonnerai ma tombe, que froisse
          Un vent noir et froid ;

Et je reviendrai, car je sais la route,
          Aux lieux biens connus :
Je retrouverai dès le seuil sans doute
          Tous mes disparus...

Et je vois déjà monter vers ma face
          Leur tendre regard...
Dans l'intérieur familier s'efface
          Ma révolte, car

C'est là seulement, prolongeant la flamme
          Des cœurs de chez nous,
Qu'au milieu des miens j'entendrai mon âme
          Prier à genoux...

Mai 1928.

RONDELS

I

Les vieux chants du pays montent dans l'air du soir
Où se complaît leur grave et rustique harmonie ;
Ils vont, fougueux parfois comme un envol d'espoir,
Souvent lents et pensifs comme une litanie.

L'âme du cher passé revient nous émouvoir
Dans leur ferveur légère où chacun communie ;
Les vieux chants du pays montent dans l'air du soir
Où se complaît leur grave et rustique harmonie

Ils disent la bonté robuste du terroir
Et la douceur d'aimer que Dieu même a bénie,
Dieu, dont le nom jeté parmi l'ombre infinie
S'y balance en rêvant ainsi qu'un encensoir...
Les vieux chants du pays montent dans l'air du soir.

13 Juin 1928.

II

SUR UN PORTRAIT

La vieille demoiselle aux très longues mitaines
Qui survit dans le cadre ovale que voici
Vous frappe, n'est-ce pas ? par ses lignes hautaines ?
— Ne vous étonnez pas de son air endurci.

Elle aussi, voyez-vous, aux époques lointaines,
Elle aussi s'enchanta de l'amoureux souci,
La vieille demoiselle aux très longues mitaines
Qui survit dans le cadre ovale que voici !

Mais celui qu'elle aimait n'a pas compris ses peines :
La clarté de ses yeux peu à peu s'obscurcît ;
Près de l'Hôte inconnu, loin de ce monde-ci,
Trouvâtes-vous là haut les douceurs souveraines,
O vieille demoiselle aux si longues mitaines ?

23 Octobre 1928.

III

SUR UN SALON

Il est de grands salons où le temps s'abolit :
Un long charme en suspend la fuite meurtrière ;
L'avenir au présent s'y rattache sans pli,
Et le passé vient les rejoindre sans barrière.

On dirait qu'impalpable une ombre les remplit :
C'est de l'éternité dispersée en poussière...
Il est de grands salons où le temps s'abolit :
Un long charme en suspend la fuite meurtrière.

Et dès qu'entre leurs murs dressés contre l'oubli
Il vibre un peu d'amour, de peine ou de prière,
Les regards des vivants ont la même lumière
Que les yeux des portraits cernés d'un or pâli...
Il est de grands salons où le temps s'abolit.

17 Septembre 1927.

Cher album de photographies
Où se sont endormis les ans,
Que de grâces tu nous confies
En tes feuillets gris et pesants !

Au salon tendu de cretonne,
Tu gis, galet rongé d'ennui,
Que sur la plage d'aujourd'hui
Le flot d'hier nous abandonne...

Tu domines, l'air compassé,
Les bibelots menant leur somme...
A mes yeux tu t'ériges comme
Un ambassadeur du passé.

Vieil ambassadeur que décorent
Le long de l'uniforme noir
L'or des tranches luisant encore
Et l'argent terni du fermoir,

Viens à moi ! Puisque les visages
Que le temps m'a pris sans remord
Contre les souffles de la Mort
Ont dû se durcir en images,

Tends-moi ces images ! Arrive,
Tu me rendras leurs âmes ! Car
Il suffit pour qu'elles revivent
Qu'un cœur tremble au bord d'un regard.

Voici, bien sage et bien gentille,
— Tout au moins pour quelques instants, —
Près du rouet du bon vieux temps,
La grand'mère, petite fille :

Elle arbore en une candeur
Où fleurit toute son enfance
Le costume de circonstance
Et le sourire de rigueur.

Voici la tante Caroline
En corsage de satin noir ;
Elle n'a pas l'air très câline,
La bonne tante ! Il faut la voir !

Sa jupe, où ses charmes se sauvent,
L'élargit indéfiniment
Tandis que sa perruque fauve
Escalade le firmament !

Son mari, — qui venait de Tarbes —
Avait le museau moins grognon ;
La brise rêve dans sa barbe,
Le soleil rit dans son lorgnon.

Ici, c'est un autre ménage.
Ils ont trente ans. Lui ? Sérieux.
Elle ? Accorte. Qu'ils sont, grand Dieu !
Dissemblables !... Tournons la page :

Encore eux ! Mais les cheveux blancs
Loin du fracas des grandes villes,
Les ont fait tous deux plus tranquilles
Et l'un à l'autre ressemblants.

Celui-ci, dont l'émoi se fige,
C'est l'oncle Georges, tout petit ;
Il attend encor ce prodige :
L'oiseau bleu, qui n'est pas sorti...

Et ce poupon qui nous enchante
Par la courbe de son fessier,
— Lune émergeant de l'oreiller
D'une blancheur rafraîchissante, —

Ce poupon-là — Est-il mignon,
Ce crâne où nul poil ne se plante ! —
C'est la grand'tante au fier chignon
Qui mourut à passés nonante !

Et cette diaichotte alerte,
— Vous en seriez-vous aperçu ? —
C'est l'oncle Jean — bien grimé, certe ! —
Que vous connaissez si pansu !

Et cette svelte jeune fille
C'est cette autre cousine à qui
Pour la comédie en famille
Allait si bien le travesti.

Son beau visage s'illumine
De fins rayons malicieux,
Si bien qu'on dirait, ma cousine,
Que vos regards cachent vos yeux...

Et puis brusquement l'on accoste
Dans un exotique décor
Les grands ducs que chérit si fort
Monsieur le Précepteur Lacoste.

Des poils blancs à leurs traits maigris
Se suspendent en stalactites...
Leur père avait des favorites,
Eux n'ont plus que des favoris.

Ce jeune officier de l'Empire
Elégant et droit, c'est l'aïeul
Dont la vie entière respire
L'ardeur d'un cœur fidèle et seul.

Brave qui daigne être bravache,
Ses yeux disent : Nous les aurons !
Sa barbiche semble un panache,
Ses moustaches, des éperons !

Cette fine tête bouclée
Fut à quelqu'un de mes parents
Qui n'avait pas encore vingt ans
Quand son âme s'en est allée...

Du lointain d'où leur grâce vint
Ses yeux disent la nostalgie,
Mais sa figure est assagie
Par un pressentiment divin...

Voici, — quel étrange caprice
Les fait ainsi se rencontrer ? —
La cousine qui fut actrice.
Et le cousin qui fut curé.

Car ces délicates images
Par leur contour, pourtant glacé,
Vous relient à tout un passé
D'invraisemblables cousinages !

Voici l'oncle Henri, ce vaurien,
Tante Léa, qui fut si belle,
Tante Gertrude et son ombrelle,
L'onchot Edmond avec son chien,

Voici l'oncle de Clairegoutte,
Et Babeli, son beau souci...
André, qui tant aima la goutte,
Et sa Climène ! Et puis voici...

A quoi bon tant de souvenances ?
« Ils sont morts... nous mourrons comme eux »
Comme on dit aux vieilles romances !
Laissons en paix les Bienheureux.

Vieil album, quand je te pratique,
Que tu sais me rendre pensif
Avec ton air énigmatique
De cimetière portatif !

Je veux sourire, et mes doigts tremblent...
Il y a là trop de témoins ;
Gardons-en la leçon, du moins,
Car toutes ces cases me semblent

Des lucarnes par où les morts
Se sont penchés sur nos visages
En cherchant de tous leurs efforts
A voir, si fidèles et sages,

— Pour qu'au fond de leur ciel trop doux
Leur éternité soit moins seule, —
Nous avons su, comme ils le veulent,
Recommencer leur âme en nous.

3 Mars 1929.

Sa vie avait été monotone et sereine ;
Dans le petit village où, jeune, elle était reine,
Elle avait doucement vieilli, près des vergers...
Toujours en vain fracas des plaisirs passagers
Son cœur vaillant avait préféré sans mystère
La régularité des travaux de la terre,
Si bien que peu à peu son corps s'était voûté
Comme s'il eût voulu de plus près écouter
Sous le vieux sol pétri par ses mains crevassées
Le murmure des morts et des moissons passées.
... Et quand son homme avec ses enfants, vers le soir,
Se retrouvaient près d'elle, elle croyait avoir
Rassemblé sous son toît tout le bonheur du monde !
Héritage vivant, dont la vertu profonde
Posait dans ses regards tant de calme clarté,
Sa foi restait robuste avec simplicité ;
Chaque dimanche, ayant appliqué sur sa tête
Son beau diairi, — le beau diairi des jours de fête —
Se tenant le plus droit possible, tout en noir,
Au premier banc du Temple elle venait s'asseoir ;

Le cantique où vibrait sa voix sonore et lente
Suffisait à son âme où jamais la tourmente
Des rêves révoltés qui vous grisent trop bien
N'altérait le souci de son devoir chrétien.
C'est pour ceux-la que Jésus fit ses paraboles !
Sourcils froncés pour ne pas perdre une parole,
Elle ne quittait pas des yeux son vieux pasteur,
Et son front s'inclinait vers le seul vrai bonheur
Quand se levait, sur les fidèles de sa race,
Le geste qui répand les promesses de grâce !

Puis, ses enfants étant partis, son compagnon
Ferma ses yeux... Elle resta dans sa maison ;
La vieillesse embrouilla son esprit, mais la flamme
De sa foi s'obstina, vivace, dans son âme :
Elle y veilla. — Si bien que ce rayonnement
Ralluma sa raison à son dernier moment.
La nuit se dissipait... Tout près, dans la cuisine,
Les vieux chaudrons luisaient à peine... A la voisine
En larmes, elle dit sur un ton solennel :
« Il ne faut pas pleurer : je veux aller au ciel ».
Elle ne tenta pas de revivre à cette heure
Son enfance lointaine en une autre demeure
Et les jours écoulés au logis de sa mort.
Aucun regret. Aucun effroi. Aucun remord.
Puisqu'elle avait loyalement mené sa tâche
Jusqu'au bout, qu'elle avait travaillé sans relâche,
Bien souffert, élevé ses enfants de son mieux,
Puisqu'elle avait gardé la foi de ses aïeux,
Ce n'est pas à l'instant où la nuit éternelle
Descendait à pas lents lui fermer ses prunelles
Qui devaient sur l'azur infini se rouvrir,
Qu'elle allait abdiquer son droit de bien mourir !
Alors, coupant par une héroïque harmonie
Les terribles hoquets de sa longue agonie,
Elle chanta le chant consolant de l'adieu :

Non ce n'est pas mourir que d'aller vers son Dieu...
Sa voix ne montait pas plus juste ni plus forte
Autrefois, quand au temps de sa jeunesse accorte
Elle mêlait son hymne à l'hymne souverain
Des cloches déchaînant leur oraison d'airain !
Il n'y avait plus place en son cœur solitaire
Que pour un vaste espoir qui ne pouvait se taire
Puisqu'il partait à la conquête du ciel bleu !
Non, ce n'est pas mourir que d'aller vers son Dieu,
Et que dire adieu
A cette sombre terre
Pour entrer au séjour de la pure lumière...
Le mal la secouait de sursauts éperdus,
Mais elle reprenait les mots interrompus :
Non, ce n'est pas mourir que d'aller à Jésus...
A son suprême élan pour être tout entière
Elle avait abaissé sur ses yeux ses paupières,
Et termina sans oublier un seul verset...

C'était grand.
La clarté du matin bleu versait
Ses frissons d'allégresse à la fenêtre basse ;
On entendait les cris des oiseaux dans l'espace,
Et la Mort se faisait plus proche...
Elle voulut
Chanter encor ; sa voix alors ne trouva plus
Dans la gorge, serrée atrocement, les notes.
Mais elle récita les strophes huguenotes
Avec l'entêtement âpre des paysans :

Il est pour le fidèle,
Au delà du tombeau,
Une terre nouvelle
Qu'éclaire un ciel plus beau.

Sa voix ne parlait pas plus tendre à ses enfants
Quand elle les berçait pour mieux hâter leur somme...
Et mon Dieu ! aujourd'hui, fallait-il pas en somme

Bercer ce corps que le destin allait jeter
Au fond du noir sommeil de son éternité ?

> *Là, cessent les alarmes*
> *Et les deuils d'ici-bas ;*
> *Les yeux n'ont plus de larmes,*
> *Les cœurs plus de combats...*

Elle avait joint les mains et ne s'arrêta pas
Malgré le ton plus rauque et la plus froide étreinte :
Plus le corps en luttant exaspérait sa plainte,
Et plus l'âme affirmait son essor radieux.
Oh ! Quel ange là-haut pour les offrir à Dieu
A recousu, pieusement, dans ses mains pâles,
Ces lambeaux de prière arrachés à ces râles ?

Puis, répétant : « Ne soyez pas tristes. Pourquoi ? »
Elle ajouta : « Tantôt... à la fin... mettez-moi
Mes pantoufles... vous savez-bien... oui, les plus neuves,
Car la route est bien longue, il reste des épreuves ! »

Et ses yeux qu'elle avait rouvert pour voir les cieux
Semblaient suivre à présent les barreaux lumineux
D'on ne sait quelle échelle de Jacob...

         « Ensuite,
Pour prendre vers le ciel sans m'attarder ma fuite,
Ouvrez tout grand la porte et libérez le seuil !
Ouvrez tout grand cette fenêtre, pour l'accueil
De mon âme là-haut... »

       Puis, plus calme et plus sûre,
Elle dit Notre Père en un dernier murmure...
La voisine en pleurant s'était mise à genoux...
Ce fut tout.

    Et voilà comme l'on meurt chez nous !

            Août 1928.

Les Filles de chez nous

Elles n'ont plus voulu de ces très longues nattes
Dont l'or ou la noirceur rehaussait leur profil,
Elles n'ont plus voulu du rouet, dont le fil
Se cassait sous l'effort des lèvres incarnates ;

Elles n'ont plus voulu du diairi tremblant
Dont les rubans soyeux parmi la brise rôdent,
Ni des jupes de pourpre vive ou d'émeraude,
Où voltigea longtemps un fin tablier blanc !

Elles n'ont plus voulu de la grâce gentille
De ce corselet noir, cambré, si délicat,
Où les paillettes innombrables qui scintillent
Allumaient des éclairs de perle et de mica !

Non, des volutes purs dont se gonflaient leurs manches
Où le vent s'engouffrait ainsi qu'un gros goulu
Par les matins vibrants de cloches des dimanches,
Non, de tous ces rayons, elles n'ont plus voulu.

Elles ont délaissé toutes les fraîches notes
Que jetait leur costume aux yeux de l'étranger ;
La Mode les perdit en les voulant changer,
Car elles ne sont plus les sœurs des campenottes !

L'antique parapluie immense, en coton vert,
Se baptise Tom Pouce, et lui qui pouvait mettre
Sous son bon toit, toute une famille à couvert
Affecte des longueurs de vingt-cinq centimètres !

On ne nous laisse plus deviner les genoux,
Les corsets sont absents, faute de locataire,
Et l'on ne verra plus les filles de chez nous
Tordre ces beaux cheveux qui tombaient jusqu'à terre !

Elles ne savent plus les chansons du Pays
Et loin de les baisser sur l'intime lumière
Dont rayonne en secret la tâche coutumière,
Ouvrent sur Paul Bourget des yeux tout éméyis !

Quelques bas bleus ont remplacé les bas de neige...
Jadis un compliment les faisait rougir... Mais
Le rouge, maintenant, par un nouveau manège,
Leur monte aux lèvres quelquefois — ailleurs jamais !

La clarté du soleil était seule vantée
Pour l'entretien des teints roses ou carminés...
Chacune, de nos jours, se met autour du nez
De la poudre de riz, sans l'avoir inventée !

Elles ont oublié les jolis mots patois
Où se reflètent nos vertus les plus intègres,
Le piano muet somnole sous leurs toits
Mais leur cœur se trémousse aux musiques des nègres !

Elles glissaient... leur pas claque sur le trottoir !
Ne ratant pas une lecture sottisière,
Elles ne songent plus à déranger le soir
La Bible qui se vêt d'un manteau de poussière.

Rien n'est resté de tant de charmes éclatants !
Les jeunes, les premiers, saisis de nostalgie,
Adorent en rêvant une ancienne effigie,
Et chevrotent tout bas : Où donc est le vieux temps ?

... Pourtant les filles de chez nous, aux yeux rieurs,
Malgré les tourbillons où les mène le monde
Ont gardé je ne sais quelle candeur profonde...
Elles ont un parfum qu'elles n'ont pas ailleurs.

Les regards ont gardé tout leur calme limpide
Où l'on devine une âme forte, et sans effroi...
Le siècle autour de nous, hurle, tourne, trépide,
Mais il n'altéra pas l'essentiel de leur foi.

Elles vont à la vie avec la gaîté sûre
Que leur donne un instinct de leurs aïeux venu,
Sachant que rien ne vaut le courage ingénu
D'un cœur simple et léger pour fuir l'éclaboussure !

La voix du sol encore en elles peut monter :
Elle dit que pour vivre heureux, — ou sans tristesse —
Pour rester jeune et droite, il suffira sans cesse
De beaucoup de malice et d'un peu de bonté.

Leur spontanéité, leurs jeux, leurs allégresses
Ont gardé la fraîcheur unique d'autrefois...
Elles n'évoquent pas des plantes dans des caisses,
Mais font penser aux anémones dans les bois.

Certes, elles ont pu suivre l'absurde mode,
Chercher en se grimant d'ingénieux effets,
Porter des cheveux courts — Ma foi, c'est si commode ! —
Et montrer leurs mollets — Pourvu qu'ils soient bien faits...

Leur âme a su rester la même. Elle est tenace.
Comment eût-elle pu disparaître en un jour
Quand des siècles l'avaient construite avec amour
Pour y faire abonder le suc de notre race ?

O Filles de chez nous, loin de nos paysages
Vous avez beau chanter les refrains de Paris
Et nous jeter aux yeux votre poudre de riz,
Le souffle du passé frôle encore vos visages !

Mais n'oubliez jamais, ô filles de chez nous,
Que votre grâce vient du fond de nos campagnes,
De nos lointains aïeux qui près de leurs compagnes,
Ne passaient pas un soir sans se mettre à genoux !

N'oubliez pas que le meilleur de votre charme
Descend des vieilles gens, d'esprit ferme et moqueur,
Qui par une boutade écrasaient une larme,
Et que ces humbles cœurs battent dans votre cœur !

Songez ce qu'il fallut de gestes qui harassent
Pour que le moindre vôtre ait la ligne d'un vol,
Et si votre voix semble une source qui passe
Rappelez-vous que toute source vient du sol !

Et pensez quelquefois, dans votre course preste,
A l'effort paysan qui pour les lendemains
A force de pétrir la glèbe de ses mains,
En fit jaillir les fleurs dont le parfum vous reste !

14 Décembre 1928.

LES RÊVERIES

18e siècle.

Non loin du petit bois où chantent les oiseaux,
Et tout près de l'Allan paisible, dont les eaux
S'attardent aux gazons délicats du rivage,
La duchesse a voulu pour elle un paysage
Qui se puisse prêter au long cheminement
De ses rêves perdus dans le vague... Et vraîment,
C'est un endroit joli, pour les sentimentales :
Les fleurs de tous côtés pavoisent leurs pétales
Et tressent dans l'azur des berceaux de parfums ;
Les sentiers familiers, où les renflements bruns
Des racines ont fait quelques marches rustiques
S'ornent d'une statue ou de vases antiques ;
Les herbes sont d'un vert plus tendre — ou peu s'en faut, —
Que le cœur d'un héros de Jean-Jacques Rousseau !
Au nord, dans un canal, une eau limpide passe,
Puis, livrant leur feuillage aux souffles de l'espace
Et, plus loin, sur la route, un ombrage au passant,
Des peupliers bordent la terre en bruissant.
Tout est simple et léger. La maison de plaisance
Ne compte qu'un salon, d'une sobre élégance,
Et deux boudoirs pour le repos. Mais le salon
S'ouvre sur un bosquet mystérieux et long

Où les roses ont mis leur plus suave haleine,
Tandis que les sentiers se donnent de la peine
Pour sinuer le plus longtemps possible, afin
De doubler la durée exquise du chemin,
Et pour se resserrer plus qu'il est nécessaire
Sachant, malins, que des sentiers qui se resserrent
Rapprochent mieux, surtout à la fuite du jour,
Les caresses des fleurs et les baisers d'amour.

6 Août 1928.

A UNE PASSANTE

Petite fille qui voulûtes
Ce matin me donner la main,
Vous qu'après tant de rudes luttes
Je retrouve sur mon chemin,

Vous que jadis j'ai tant aimée
Et qui revîntes en ce jour
Sur ma jeunesse refermée
Disperser un parfum d'amour...

Vous qui n'étiez plus dans ma vie
Qu'un beau souvenir lumineux
Du temps où, craintive et ravie,
Mon âme dansait dans vos yeux,

Vous qui tîntes, sans vous le dire,
— Nous ne nous vîmes que trois fois —
Mon bonheur dans votre sourire
Et dans la fraîcheur de vos doigts,

Vous qui vous enfuyiez, légère,
Loin du trouble où je me complus,
Vous qui fûtes la messagère
D'un Printemps qui ne finit plus,

C'est bien vous, — Ce n'est pas un leurre
Construit par le bleu du lointain ? —
Que je revoyais tout-à-l'heure...
Que je revoyais ce matin ?

Petite fille au pur visage,
Oui, j'ai retrouvé votre voix...
Vous m'avez laissé votre image :
Me voici seul. Je vous revois...

A ce fauteuil vide s'accroche
Un vague et douloureux émoi...
Je sens rôder autour de moi
Comme une absence toute proche.

Suis-je troublé par le passé,
Ou simplement si je vous aime ?
Vous n'avez pas changé, je sai...
Serais-je donc resté le même ?

En me versant votre regard,
— Ce regard au charme suprême
Où je lis tant de choses, car
Vous n'y mettez rien de vous-même —

M'auriez-vous, malgré tout ce temps
Qui m'a desséché sous l'épreuve,
Rendu l'âme naïve et neuve
Que j'y jetais à dix-huit ans ?

Pourquoi retient en moi des larmes
Un fantôme au trop lourd secret ?
Et d'où me viennent ses alarmes,
Est-ce un espoir ? Est-ce un regret ?

Comme autrefois, elle m'enchante
Votre candeur, mais maintenant
Je la découvre trop savante :
C'est un regret... Et cependant,

De vous avoir vu si jolie,
D'avoir quand vous partiez, mon Dieu !
Cru deviner en vous un peu
De furtive mélancolie,

Je suis grisé d'un fol espoir !
... Mais bientôt ma raison réclame :
Qui départagera mon âme ?
Elle aime mieux ne pas savoir.

Je vais me répétant sans cesse :
« Qu'elle soit ton amie ! » Et puis,
Près de ce mot que je poursuis
Vient abonder tant de tendresse !...

Alors, en un frôlement doux
Appuyant mes doigts à ma tempe,
Je demeure seul sous la lampe,
Seul, immobile, plein de vous.

Je ne cherche plus à comprendre
Si je vous aime en ces instants
Pour quelques soirs de rêve tendre
Ou pour toujours... J'attends. J'attends

De revoir Paris et sa brume,
De découvrir si, dans l'exil,
Mon cœur peu à peu s'accoutume,
Si c'était grave ou puéril...

J'attends de revoir votre grâce,
Vos yeux brusques et palpitants,
Et peut-être un silence où passe
Un peu de vous-même... J'attends.

Mais promettez-moi, ma petite,
O Refuge de mon amour,
Que vous allez revenir vite...
Je ne vis que pour ce retour.

Mais jusque là, — sans une plainte,
Je vous attends, à vos genoux, —
Partez... La lampe s'est éteinte...
Je veux rester seul avec vous.

Si vous croyez que je vais dater !